AF185460

Marianne Wieduwilt

Tod im Tiefenbach

Ein kurzer Heimatkrimi

tredition

© 2024 Marianne Wieduwilt

Umschlag, Illustration: Marianne Wieduwilt

Lektorat, Korrektorat: Max Hoock

Weitere Mitwirkende: Jochen Wieduwilt

Druck und Distribution im Auftrag der Autorin:
tredition GmbH, Halenreie 40-44, 22359 Hamburg,
Deutschland

ISBN

Paperback   ISBN 978-3-384-16916-7

Vielen Dank an meine lieben Nachbarn, vor allem an Andreas, der mir alle Details zur Feuerwehr erklärte und an Meike, die ich immer und jederzeit fragen konnte, wenn es um die plattdeutsche Aussprache ging.

Besonderen Dank an Max, der unermüdlich Korrektur las, an meine Familie, die an mich glaubte und mir immer wieder Mut machte, und nicht zuletzt an meinen Mann für die technische Unterstützung.

1. Kapitel

Während der letzten Tage hatte es immer mal wieder heftig geregnet; für die Landwirtschaft war das ein wahrer Segen. Das Frühjahr war viel zu trocken und auch im Frühsommer warteten die Bauern und Kleingärtner auf lang ersehnte Niederschläge. Für heute jedoch kündigte der Wetterbericht einen schönen, sonnigen Tag an. Noch hingen Nebelschwaden über den Feldern und Wiesen, aber schon ein paar Stunden später würde sich die Sonne ihren Weg durch den Dunst bahnen und die Landschaft in ein mildes, warmes Licht tauchen.

Das kleine, alte Bauernhaus von Almuth Ehlers mit seinem typischen norddeutschen Reetdach und den Sprossenfenstern lag etwas abseits an dem asphaltierten Wirtschaftsweg, der den Ort Bergstedt mit dem Ortsteil Stüvenhoop verband. Vorbei an prächtigen Hortensienbüschen, die in vielen Farben bunt durcheinander in voller Blüte standen, führte ein kurzer Weg aus Kopfsteinpflaster zum Haus.

An schönen Tagen saß Almuth gern auf der Veranda, blätterte in der Tageszeitung, wobei sie besonders die Todesanzeigen interessierte, und freute sich über die Pracht der Staudenbeete, an die sich eine Obstwiese anschloss.

Verschiedene Straucharten trennten den Garten vom Ackerland, das zum Ehler'schen Anwesen gehörte. Schon vor Jahren, nach dem Tod ihres Mannes, verpachtete sie die Felder an ihren Nachbarn Hannes Holst, verkaufte ihm den Deutz-Trecker sowie andere landwirtschaftliche Geräte zu einem Spottpreis.

Almuth, geweckt vom ersten Hahnenschrei, rappelte sich aus ihrem alten, knarrenden Ehebett auf, öffnete weit das Schlafzimmerfenster, atmete tief ein und machte einige Kniebeugen. Zwar war sie achtundsiebzig Jahre alt, aber immer noch sehr rüstig, was auch so bleiben sollte. Ihr erster Weg führte sie in die Küche, um sich einen starken Kaffee aufzubrühen. Frühstücken würde sie erst später, denn zunächst musste sie ihre Hühner versorgen. Noch im Nachthemd, ein Wolltuch um die Schultern gelegt, die dicken Wollsocken und die Pantoffeln übergestreift, betrat sie den Stall, in dem die Hühner ihre Legenester hatten, und lockte „Put, put, put" rufend ihre vier Leghornhennen und den Hahn nach draußen in den Hühnerhof, während sie das Futter verteilte.

Erleichtert, dass das Federvieh wohlauf war, sammelte sie die Eier ein und ging zurück ins Haus. Gerade in diesem Moment fuhr ihr Nachbar Bauer Holst mit seinem Fahrrad vorbei. „Moin, Almuth", rief er ihr zu. „Moin, Hannes", erwiderte sie, „ward scheun Weer vondog." „Jo, jo", meinte er, „ick mütt mol eben kieken, wie de Weiten steiht." Ein kurzes Winken und schon fuhr er auf seinem wackeligen Drahtesel davon.

Jetzt war es Zeit für die kleine Morgenwäsche. In der Waschküche, wo sich auch die Toilette befand, wusch sie sich, über den alten Spülstein gebeugt, Gesicht, Hals und Arme mit kaltem Wasser. Ein Boiler sorgte zwar für warmes Wasser, den nutzte sie aber nur in den Wintermonaten. Almuth war genügsam: „So'n neimodschen Krom brug ick nich", pflegte sie zu sagen, wenn sie darauf angesprochen wurde, warum sie sich noch immer keine Dusche hatte einbauen lassen.

Erfrischt zog sie sich den braunen Wollrock und den, schon vor langer Zeit selbstgestrickten altrosa farbenen Pullover an, sowie die Kittelschürze darüber. Mit einem grobzinkigen Kamm fuhr sie sich durch ihre ergrauten

Haare und befestigte sie mit einer Spange am Hinterkopf.

Sie saß noch am Frühstückstisch, als es klopfte und Margret eintrat. „Moin Almuth, ick bring die de Socken von EDEKA, de du hem wuss", sagte sie. "Jo Moin auck, dat is scheun von die, müchs nen Kaffee mitdrinken?". Margret ließ sich nicht zweimal bitten und setzte sich an den mit einem abgenutzten Wachstuch bedeckten Küchentisch.

Der Hof von Hannes und Margret Holst lag unweit vom Ehler'schen Anwesen auf der gegenüberliegenden Straßenseite. Seitdem Almuth auf dem Fahrrad unsicher geworden war, hatte Margret angeboten, sie mit allem Nötigen zu versorgen, besonders aber mit dem neuesten Klatsch und Tratsch aus dem Dorf. So saßen die beiden Frauen ein Weilchen zusammen, schimpften, lachten und amüsierten sich über so manche Begebenheit im Ort. Zum Schluss kritzelte Almuth noch schnell die benötigten Lebensmittel für die nächste Woche auf einen kleinen Zettel und sie verabschiedeten sich.

Nach einem ausgiebigen Mittagsschlaf beschloss Almuth, zum Tiefenbach zu gehen, um dort nach den von ihr so geliebten Rotkappen zu suchen. Es gab diese Pilze heutzutage nur noch selten. Sie waren jedoch besonders schmackhaft. Mit einem Korb und ihrem Krückstock machte sie sich auf den Weg. Margret hatte ihr immer wieder davon abgeraten, denn nur ein schmaler, von Brombeerbüschen gesäumter Pfad führte von der Straße zum Tiefenbach hinab. Leise plätschernd bahnte dieser sich seinen Weg durch das zugewachsene Gelände, ein Biotop für Flora und Fauna. Aber selbst nach heftigen Regenfällen führte der Tiefenbach nur wenig Wasser, gerade soviel, dass man nur bis zu den Knien nass wurde, wenn man hindurch watete.

Wenn sie unterwegs war und sie sich unbeobachtet fühlte, sang sie gerne das schöne plattdeutsche Lied vom Liebsten: „Dat du mien Leevsten büst." Almuth hatte keinen richtigen „Leevsten" gehabt. Ihr Mann war faul gewesen und saß oft mit anderen „Gleichgesinnten" in der Kneipe „Bei Horst" im Ortsteil Ahrensen, spielte Skat und betrank sich. Wenn er dann nach Hause kam, legte er sich auf die alte Chaiselongue und schlief seinen Rausch aus, während seine Frau die ganze anstehende Arbeit erledigte. Seine Trunksucht führte dazu, dass er schon mit sechsundfünfzig Jahren an Leberversagen starb. Almuth hatte nie wirklich um ihn getrauert. Ihre und die Eltern ihres Mannes hatten die Vermählung ihrer Kinder arrangiert. Viele Jahre waren sie befreundet gewesen und halfen sich gegenseitig bei der Feldarbeit. So erschien es ihnen gut und richtig, ihre Kinder, die sich von klein auf kannten, miteinander zu verheiraten.

Gerade als sie zur dritten Strophe ansetzen wollte, rasten zwei Jungs mit ihren Mountainbikes so dicht von hinten an sie heran, dass ihr fast der Stock weggerissen wurde. „Schiedbüddels, köhnt jie nich oppassen!", rief sie ihnen hinterher und fuchtelte wild mit ihrem Krückstock herum. Almuth war das Singen vergangen.

Langsam und vorsichtig tastete sich Almuth zum Tiefenbach hinunter. Nur nicht stolpern oder fallen! Unten angekommen, verharrte sie einen Moment, um zu verschnaufen und nach den Pilzen Ausschau zu halten. Als sie sich ein wenig nach rechts wandte, bemerkte sie einige aufgebauschte Kleidungsstücke im Wasser. Wütend darüber, dass immer wieder Müll in der Natur entsorgt wurde, trat sie ein wenig näher an den Bach, um mit ihrem Stock die nassen Sachen herauszufischen. Stochernd, leicht vornübergebeugt, erkannte sie, kaum wahrnehmbar, einen dunklen Haarschopf. Entsetzt wich sie zurück. „Oh mien Gott, dor liggt een in'n Beek!". Hilfe suchend machte sie sich auf den beschwerlichen Rückweg.

Als sie endlich, es erschien ihr wie eine kleine Ewigkeit, oben auf der Straße ankam, schlug ihr Herz bis zum Hals. Da stand sie nun: Allein! Keine Menschenseele weit und breit. „Wat mok ick nu, wat mok ick nu?", murmelte sie immer wieder vor sich hin. Kurz überlegte sie, nach Hause zu gehen, um von dort die Polizei anzurufen, verwarf diesen Gedanken aber gleich wieder, als ihr einfiel, dass ja einige hundert Meter weiter, Richtung Ahrensen, ein Chemie-Unternehmen Aussolungsbergwerke betreibt. In der Hoffnung, dort vielleicht jemanden anzutreffen, marschierte sie los. Vor lauter Aufregung, den Blick auf den Boden gesenkt, hatte sie das Auto erst gar nicht kommen sehen. Geistesgegenwärtig stellte sie sich mit erhobenem Stock mitten auf die Fahrbahn und zwang so den Fahrer anzuhalten. Verärgert fuhr der die Seitenscheibe herunter und fragte Almuth, ob sie verrückt geworden sei. „Nee", erwiderte sie, „ji möt gau den Schandarm bescheed seggen, dor liggt een in Woter!" „Wie bitte?". Der Mann und seine blonde, aufgetakelte Begleiterin sahen sich konsterniert an. „Könnten Sie bitte in Bergstedt die Polizei informieren, dass ein Toter im Tiefenbach liegt", wiederholte sie auf hochdeutsch. Der Fahrer schüttelte genervt den Kopf und fuhr davon. Almuth schaute ihm nach, verwundert darüber, was ein Auto mit dem Kennzeichen WL, wie „wilder Landwirt", hier in der Bergstedter Feldmark wohl zu suchen hatte.

In diesem Moment kamen die beiden Mountainbikefahrer von ihrer Tour zurück. „Jungs, holt mol an, ji mööt mi helpen!" Etwas eingeschüchtert, schließlich hatten sie die Alte vorhin fast umgefahren, sahen sich die beiden an und stiegen von ihren Rädern. „Fohrt mol glicks no de Polizei und seggt bescheed, dat dor in'n Depenbeek een Doden liggt." Ohne noch etwas zu erwidern traten die Knirpse in die Pedale und rasten los. „Ick teuv hier", rief sie ihnen noch nach.

2. Kapitel

In der örtlichen Dienststelle saß Polizeimeister Harm Peters gelangweilt vor seinem Computer und antwortete auf Kontaktanzeigen. In Bergstedt mit knapp zweitausend Einwohnern, einem ruhigen, beschaulichen Ort in ländlicher Umgebung gab es nur wenig Einsätze. Hin und wieder mal ein Einbruch, eine Ruhestörung, auch einen Unfall zwischen einem Auto und einem Trecker oder einem Reh; aber sonst war nicht viel los. So vertrieb sich Harm die Zeit mit Computerspielen oder eben mit Kontaktanzeigen bei ‚Fischkopp'. Auch er hatte dort ein Profil erstellt:

„Supercop", 34, 178cm, blond, schlank.
Ich liebe schnelle Autos, Sport und
gehe gerne feiern.

Auf dem Profilfoto zeigte er sich in Uniform, lässig auf der Schreibtischkante sitzend mit dem Schlagstock in der Hand. Die Polizeimütze verdeckte geschickt seine schon ziemlich ausgeprägten Geheimratsecken.

Laut polternd stürmten die beiden Jungs ins Dienstzimmer. Sie redeten konfus durcheinander, Harm verstand kein Wort. „Nun mal ganz langsam! Einer nach dem Anderen", bat er die Kinder. Der Ältere erzählte von Almuth und dem Toten im Tiefenbach, während sein Kumpel bestätigend nickte. Harm schüttelte den Kopf: „Was ist das denn für ein Blödsinn! Ihr wollt mich wohl veräppeln?" „Nein!", riefen die Kinder aufgeregt wie aus einem Mund. „Du musst ganz schnell dahin fahren!" Jetzt war Harm doch hellhörig geworden. Sollte das tatsächlich stimmen? Dann hätte er wirklich einen besonderen Fall zu bearbeiten. Er nahm seine Autoschlüssel vom Tisch, setzte die Dienstmütze auf und fuhr mit „Tatü-Tata" rasant vom Hof. Die Kinder beeilten sich, hinterher zu kommen.

Mit quietschenden Reifen stoppte das Polizeiauto. Aufgeregt ging Harm auf Almuth zu und fragte sie nach dem Toten. „Dor, dor ünnen liggt he", mit ihrem Handstock zum Tiefenbach deutend. Hektisch lief er den holprigen Weg hinab, verfing sich in den Brombeerbüschen und stolperte die letzten Meter bis zum Fundort. Nachdem er sich davon überzeugt hatte, dass dort wirklich eine Leiche lag, sperrte Harm die Straße oberhalb des Steiges mit einem rot-weißen Flatterband ab und verständigte die Kripo in der Kreisstadt.

Inzwischen waren auch die Jungs eingetroffen und mit ihnen ein Mann auf einem Fahrrad. Sie standen hinter dem Absperrband und sahen sich neugierig um. Forschen Schrittes näherte sich Harm und befahl ihnen umzukehren. „Es gibt hier nichts zu sehen!" Die Knirpse, voll enttäuscht, machten die Biege.

Der Mann verharrte noch einen Moment, fuhr dann aber auch davon. Almuth schaute ihm nach.

3. Kapitel

Als Kriminalhauptkommissar Werner Feldmann und seine Kollegin Silke Schneider am Fundort eintrafen, war die KTU, also die Spurensicherung, bereits vor Ort und suchte das Gelände nach brauchbaren Spuren ab. Dabei konnte ein Fußabdruck im Schlamm am Bachrand und eine blutige Wischspur auf einer Efeuranke sichergestellt werden. Almuth, Harm und die Kommissare standen etwas abseits.

Feldmann setzte an: „Frau...?" „Ehlers", sagte Harm. „Ja, Frau Ehlers, wo waren Sie denn nun genau, als sie den Toten entdeckt haben?", fragte Schneider. Almuth ging einige Schritte näher an den Bach. „Hier wör ick", antwortete sie, „un wull mit mien Krück dat Tüüch rut trecken. Ober denn hebb ick markt, dor wöör noch een binnen in de Büx." Schnei-

der konnte sich ein Lächeln über diese Aus-
drucksweise nicht verkneifen. Inzwischen
hatten die Mitarbeiter der KTU den Leichnam
aus dem Wasser gezogen.

Bei der ersten Begutachtung stellten die
Ermittler eine blutige Wunde am Hinterkopf
fest, die von einem heftigen Schlag oder einem
Sturz herrühren konnte. Als sie den Toten auf
den Rücken drehten, wechselte Harms Ge-
sichtsfarbe von gut durchblutet zu gelblich
fahl und Almuth rief: „Oh mien Gott, dat is jo
Paul, Paul Kowalsky!" Harm nickte. „Sie kennen den Toten?", fragte Feldmann. „Ja", erwiderte Harm. „Paul Kowalsky betreibt hier
ganz in der Nähe, Richtung Bergstedt, einen
Gartenbaubetrieb. Er ist polnischer Staatsangehöriger", fügte er noch hinzu.

„Gut, dann wissen wir das", sagte Feldmann und zitierte damit einen immer wieder-
kehrender Spruch eines Kommissars in seinen
schwedischen Lieblingskrimis. Den Kollegen

zugewandt: „Können Sie schon etwas zum To- deszeitpunkt sagen?" „Die Totenstarre ist noch ausgeprägt und der Körpertemperatur nach zu urteilen trat der Tod zwischen drei- undzwanzig Uhr gestern Abend und zwei Uhr heute früh ein", sagte der Ältere der beiden Techniker. Der andere fügte hinzu: „Mehr können wir im Moment nicht sagen. Wir neh- men ihn mit in die Rechtsmedizin." Der Hauptkommissar wandte sich an Harm: „Sie können Frau Ehlers jetzt nach Hause fahren." Almuth, die immer noch Puddingbeine hatte, war erleichtert. Sie wollte nur noch nach Hau- se.

Auf dem schmalen Stieg zurück zur Straße bemerkte sie im Brombeergebüsch einen Knüppel, an dessen Ende Blut haftete. Als sie ihn herausziehen wollte schrie Harm: „Halt, Almuth, nicht anfassen! Das könnte die Tat- waffe sein!"

Als sie wieder zu Hause war, schenkte sich Almuth erst mal einen von ihr selbst angesetzten Fliederbeerlikör ein und plumpste aufs Sofa. Nach weiteren zwei Gläschen rief sie schließlich Margret an.

4. Kapitel

Am nächsten Morgen, es würde wieder ein schöner warmer Tag werden, zog es schon früh einige Dorfbewohner zum EDEKA-Markt. Die Neugier trieb sie. Die beiden Jungs hatten zu Hause von dem Leichenfund berichtet und die Dorftrommeln schlugen natürlich laut. War es ein Mord gewesen? In Bergstedt? Unglaublich! So etwas konnten und wollten sich die Leute aus dem Ort nicht vorstellen!

Vor dem Geschäft stand bereits eine kleine Gruppe, die sich angeregt unterhielt. „Das soll ja der Paul sein", sagte eine ältere Frau, die im Laden bereits ein Paket Wäscheklammern gekauft hatte. Eine andere fragte: „ Wer ist denn Paul?" „Na der Pole, der immer die Gartenarbeiten macht", erwiderte die erste. Nun meldete sich Thea zu Wort. Thea Meerkens, die immer gleich das Unheil heraufbeschwor. „Das hat bestimmt was mit der Polenmafia zu tun. Die sind ja überall!" „Wat tüdelst du denn dor!" Margret war zu ihnen getreten. „Almuth hett em funnen, se rööp mi güstern Obend noch an, se künn sick gor nich weer begöö-schen. Ick föhr glieks mol to ehr hin."

Bei dieser Nachricht weiteten sich die Augen aller Anwesenden: Die arme Almuth. Nur Thea prophezeite: „Dann wird sie wohl die Nächste sein! Mit der Mafia darf man sich nicht anlegen!" Allgemeines Kopfschütteln, typisch Thea! „Nu hol mol diene Snuut", sagte Margret, die sich darüber aufregte. Wie konnte man so was auch nur denken. Thea nahm ihr Fahrrad und zog beleidigt von dannen, drehte sich aber nochmal um und rief: „Ihr werdet schon sehen!"

Margret traf Almuth bei der Gartenarbeit an. „Moin Almuth." „Jo moin auck, scheun dat du kommen büst. Set die man op de Veranda, ick hol wat to drinken, bün meist döstig worrn." „Wie geiht die dat no de ganze Opregung", wollte ihre Nachbarin wissen. „Ick kunn nich recht slopen, har jümmer dat Bild vör Ogen, wie he dorliggt." Almuth schüttelte den Kopf. „Dat will ick ober nu ganz genau weten", bat Margret. Morgen früh bei EDEKA wüsste sie dann alles aus erster Hand. Noch aufgewühlt von den Ereignissen, immer mal wieder innehaltend, erzählte Almuth in allen Einzelheiten, was sie erlebt hatte und wie groß ihre Angst gewesen war. Zum Schluss erwähnte sie noch den unbekannten Radfahrer. „Denn hebb ick almol sehn, ick weet nich, war mi wohl weer infallen."

5. Kapitel

Vor etlichen Jahren kam Paul Kowalsky aus Polen nach Deutschland, um in der Nähe von Bergstedt als Erntehelfer auf einem Spargelhof zu arbeiten. Die Arbeit war anstrengend. Er liebte aber diese Beschäftigung an der frischen Luft und freute sich, seiner Frau am Monatsende ein hübsches Sümmchen überweisen zu können.

Während der Erntezeit richtete der Besitzer des Spargelhofes immer ein Fest für die Mitarbeiter aus. Es wurde bis tief in die Nacht gefeiert mit reichlich Essen und Schnaps.

Bei einem dieser Feste lernte Paul die kecke, quirlige Annemarie, die Tochter von „Horst, dem Wirt", kennen. Sie schenkte dort Bier aus. Er war sofort fasziniert von ihrer direkten, unverblümten Art, so dass es kam, wie es kommen musste: Er wurde ziemlich betrunken, übte doch der Ausschank eine große Anziehungskraft auf ihn aus.

Am nächsten Morgen fand er einen Zettel in seiner Jackentasche:

„Ruf mich doch mal an",
dazu noch ihre Telefonnummer

So begann eine heimliche Affäre.

Annemarie war es, die Paul diese Nachricht zugesteckt hatte. Mit seinen dunklen Augen und dem Dreitagebart, der eher wie ein Zweiwochenbart aussah, machte er auf sie einen verwegenen Eindruck, ganz anders als die „Rundkoppten, Rootbackten" Landwirtssöhne, denen sie so gar nichts abgewinnen konnte.

Neben seiner Arbeit als Spargelstecher erledigte Paul auch alle Gartenarbeiten auf dem parkähnlichen Anwesen des Spargelbauern, der sehr zufrieden mit dem Ergebnis war und ihm Aufträge bei Freunden und Bekannten verschaffte. Dies brachte ihm eine schöne Nebeneinnahme, die er vor seiner Familie in Polen jedoch verheimlichte. Bei der örtlichen Sparkasse von Bergstedt eröffnete er ein Konto, auf das er regelmäßig Einzahlungen tätigte und sparte mit der Zeit Einiges an.

Da Paul es leid wurde, nach Saisonende zu Frau und Kind zurückzukehren, beschloss er, sich mit einem Gartenbaubetrieb in Bergstedt selbständig zu machen. Um sich diesen Traum erfüllen zu können, reichte sein Erspartes aber bei Weitem nicht aus. Für die Anschaffung eines Fahrzeugs und diverser Gartengeräte fehlte ihm noch ein größerer Betrag. Bei der Sparkasse bekam er jedoch keinen Kredit; aus Gründen fehlender Sicherheiten, hieß es. So sah Paul sich gezwungen, das Kapital bei einem privaten Geldverleiher zu einem viel zu hohen Zinssatz zu besorgen. Er pachtete ein altes leerstehendes Gebäude samt Scheune am Ortsrand und nach und nach, als sich herumsprach, dass er gute Arbeit zu einem fairen Preis erledigte, etablierte sich Paul mit seinem Betrieb nicht nur hier, sondern auch in den umliegenden Ortschaften.

Im Laufe der Zeit wurde das Verhältnis zwischen Paul und Annemarie immer enger. Bald entstanden im Dorf die ersten Gerüchte, die auch Horst zu Ohren kamen. Daraufhin verbot er seiner Tochter den Umgang mit dem „Polacken". Aber das scherte Annemarie wenig und sie machte einmal mehr klar, dass sie alt genug war, selbst zu entscheiden, mit wem sie sich traf.

Nun lag Paul auf dem blank gescheuerten Seziertisch im Pathologischen Institut. Professor Max Krause untersuchte den leblosen Körper zunächst auf äußere Verletzungen. In der blutigen Wunde am Hinterkopf konnte er mit einem Mikroskop winzige kleine Holzsplitter ausmachen, die von dem sichergestellten Knüppel zu stammen schienen, was noch zu prüfen wäre.

Im Brustbereich befanden sich großflächige Hämatome, die darauf hin deuteten, dass der Tote heftig mit Fäusten malträtiert worden war. Spuren einer Abwehrreaktion waren nicht zu erkennen.

Bei der Untersuchung der inneren Organe stellte sich heraus, dass sich in der Lunge Wasser befand. Dies ließ nur einen Schluss zu: Paul hatte zu dem Zeitpunkt, als er ins Wasser geraten war, noch gelebt. Er ertrank im seichten Wasser des Tiefenbachs!

6. Kapitel

Vor einigen Wochen, an einem Donnerstag Nachmittag, hatten in Bergstedt die Sirenen geheult. Ortsbrandmeister Andreas Beiker, der gerade damit beschäftigt war, seinen Rasen zu mähen, sprang sofort in sein Auto und erreichte als Erster das Feuerwehrgerätehaus. Der Rasenmäher tuckerte weiter vor sich hin.

Ein Brand am Verbindungsweg von Bergstedt nach Ahrensen war gemeldet worden. Schon nach wenigen Minuten erreichte die Feuerwehr den Brandort. Bereits von weitem konnte man die Rauchsäule erkennen. Die Scheune auf dem Grundstück von Paul Kowalsky brannte lichterloh, da war nichts mehr zu machen. Ortsbrandmeister Beiker gab Anweisung, die Rollschläuche zum nahegelegenen Tiefenbach zu verlegen, um von dort das Löschwasser abzupumpen.

„Beeilt euch, der Wind frischt auf!" Einige Minuten später war die Pumpe im Einsatz. Der Feuerwehrmann Jens Pape kam im Laufschritt auf Andreas zu. „Der Tiefenbach führt nicht genug Wasser, was machen wir?" „Moment, ich ruf die Leitstelle an." „Ortsbrandmeister Beiker von der Feuerwache in Bergstedt", meldete er sich, "wir brauchen hier dringend zwei wasserführende Fahrzeuge im Pendelverkehr. Die Scheune des Anwesens ist nicht mehr zu retten, wir müssen jetzt das Wohnhaus vor übergreifenden Flammen schützen. Beeilt euch!" „Verstanden, wir schicken die Fahrzeuge sofort los!" Erst nach zwei Stunden unermüdlichen Einsatzes konnte das Wohnhaus gerettet werden. Gerade als sich die Feuerwehrmänner ein - natürlich alkoholfreies - Löschbier gönnten, fuhr Paul Kowalsky auf den Hof.

Fassungslos stieg er aus dem Wagen, breitete die Arme aus und fiel kopfschüttelnd auf die Knie. Seine gesamten Gerätschaften, alles was er für seine Arbeit brauchte, war ein Raub der Flammen geworden. Nichts, aber auch gar nichts war verschont geblieben. Zwei Feuerwehrmänner halfen ihm hoch und versuchten ihn zu beruhigen, immerhin das Wohnhaus war unversehrt geblieben. Er murmelte ein „Danke" und schlich mit hängendem Kopf ins Haus. Auch Annemarie hatte die Rauchwolken gesehen und wusste sofort, wo es brannte. Sie schnappte sich ihr Fahrrad und betete inständig, dass Paul nichts passiert war. Entsetzt darüber, dass dort, wo einst die Scheune gestanden hatte, jetzt nur noch verkohlte Überreste zu sehen waren, blickte sie auf die Ruine und lief Paul hinterher.

Er saß in der Küche und nahm Annemarie zunächst gar nicht wahr. Erst als sie ihn umarmte hob sich sein Blick, Tränen rannen ihm übers Gesicht und tropften auf seinen Hemdkragen. „Was soll ich jetzt nur machen?", fragte er sie. „Alles ist verbrannt, ohne meine Gartengeräte kann ich doch nicht arbeiten! Ich habe immer wieder investiert. Meine Rücklagen reichen nicht aus, um Alles wieder neu anzuschaffen." Auch Annemarie bekam feuchte Augen, „Du bist doch aber versichert?", fragte sie. Er schüttelte den Kopf, „Nicht ausreichend!" „Oh nee, Paul, das ist doch wichtig, warum?" „Die Versicherung ist so teuer, wer rechnet schon damit, dass wirklich etwas passiert, verdammt!" „Hör mal, ich habe ein bischen was gespart, vielleicht hilft dir das erstmal weiter", sagte sie. Er nahm sie in den Arm, gab ihr einen Kuss auf die Stirn und erwiderte „Danke, aber das kann ich nicht annehmen." Nach einigem Hin und Her erklärte sich Paul dann doch einverstanden, ihre Hilfe anzunehmen. Am meisten Sorgen bereiteten ihm aber die monatlichen Rückzahlungen an den Geldverleiher. Was würde passieren, wenn er die nächsten Monate nicht zahlen konnte?

Am nächsten Tag nahm die Brandermitt-
lung ihre Spurensuche auf. War es Brandstiftung oder ein Fehler an den maroden elektrischen Leitungen gewesen? Nach genauer Untersuchung konnte aber nichts zweifelsfrei be-
wiesen werden. Der Brandherd deutete jedoch
eher auf einen technischen Defekt hin.

7. Kapitel

Die Leute im Dorf hatten natürlich so ihre eigen Ansichten, wie es zu dem Brand gekommen sein könnte. Einige wenige hielten die alten elektrischen Leitungen für die Ursache. Andere waren überzeugt davon, dass nur Brandstiftung infrage käme.

Almuth war es, die die Feuerwehr am Vortag angerufen hatte. Aus ihrem Küchenfenster hatte sie den Rauch hinter dem gegenüberliegenden Maisfeld aufsteigen sehen. „Moin Almuth", Margret kam zur Tür herein, „Ik segg di bi EDEKA wöör villicht wat los, ik hev meist twintig Minuten an de Kass anstohn. Thea hätt weer am luutsten krakelt: Dat wöörn de Rockers! Du weetst jo de Motorradfohrers, se heet sick jo Störtebekers Frünn." „Is dor nich ook de Jung von Fritz Müller dorbi?", fragte Almuth. „Jo", antwortete Margret, „dat is de dullste von de Bande. De wöör ook mol achter schwedische Gardinen, hett doch domals den Holtschuppen bi Hermann Löhn afbrennt." „De hebbt jo so allerhand op den Karvholt un so richtig bestrooft wören se ook nich. Mol en beten harken op den Karkhoff oder bi de Schaul, dat is jo gor nix! Freuher wöör dat anners!" Almuth regte sich auf und Margret fügte noch hinzu: „Un in Kiekkasten, du hest jo keen, dor zeigt se in de Krimis de Verbrekers ierst, wie se't moken möt." Beide waren sich einig: „Freuher wöör allns veel beter." „Menst du, de hebbt wat dormit to daun?", fragte Almuth, „se sünd jo gegen de Utlanners un ment vör Recht un Ordnung to sorgen." Almuth schüttelte den Kopf. „Dat wat se dorvör holt", wandte Margret ein.

Die Haustür wurde aufgerissen und Hannes polterte herein. „Ji gleuvt dat nich, eben hätt Harm Dirk Müller afführt, denn Jung von Fritz, to'n Verhüür." Margret und Almuth sahen sich an. „Keen seggt dat?", fragten beide wie aus einem Munde. „Hebb ick sülvst seen as ick mit'n Trecker bi Müller's Hoff vorbi führt bin. Nu geiht em dat an den Krogen." Also doch, Almuth kriegte den Mund gar nicht wieder zu. Auf diesen Schreck gab sie allen noch einen Fliederbeerlikör aus. Dann verabschiedeten sich die drei.

8. Kapitel

Polizeihauptkommissar Feldmann beauftragte Harm damit, sich im Dorf umzuhören und nach möglichen Zeugen zu suchen. Wer hatte, vielleicht schon in den Tagen zuvor, etwas bemerkt, gesehen oder gehört? Außerdem mussten zeitnah die Angehörigen von Paul in Polen ausfindig gemacht und verständigt werden.

Harm hatte sich immer solch einen Fall gewünscht, war zunächst aber etwas ratlos, wie er auf die Spur von Pauls Familie kommen sollte. Dann kam ihm die Idee: ja klar, die Sparkasse! Paul hatte seiner Frau jeden Monat Geld überwiesen. Forschen Schrittes betrat er das Geldinstitut und mit grüblerischer Miene verließ er es wieder. Man hatte ihm nicht helfen können. Ohne richterlichen Beschluss keine Auskunft, hieß es! Sein nächster Weg führte ihn in Horsts Kneipe, in der Hoffnung, dort Annemarie anzutreffen. Er fühlte eine leichte Beklommenheit, schließlich hatten die beiden auch mal ein kleines „Techtelmechtel" gehabt. Er erinnerte sich genau. Es war beim vorletzten Erntefest. Sie hatte so schön ausgesehen in ihrem hellblaurosa Dirndl, ihre blonden Haare zu einem dicken Zopf gebunden.

Harm hatte Glück, sie stand hinterm Tresen und polierte Gläser. „Tach Annemarie, machst du mir ein Bier?" „Bist du nicht im Dienst?", fragte sie. „Doch schon", erwiderte er, „aber ein Bierchen geht ja immer." „Wenn du mich über Paul ausfragen willst, das kannst du vergessen!", sagte Annemarie und knallte ihm das gefüllte Glas auf den Tresen. „Mensch Annemarie, es tut mir wirklich leid, was da passiert ist, aber", Harm nahm einen großen Schluck, „aber ich hatte gehofft, du könntest mir helfen. Die Familie in Polen muss benachrichtigt werden. Hast du vielleicht eine Adresse?" „Nee", entgegnete sie, „darüber haben wir nie gesprochen. Doch ich will heute mal nett sein und gebe dir einen Tipp: Gewerbeamt!" Bei Harm dauerte es etwas länger, bis der Groschen fiel. „Wie?", fragte er. „Na der Paul hatte doch ein Gewerbe angemeldet, also wird das Amt wohl seine Daten haben." „Oh", Harm fasste sich an die Stirn, „da hätte ich auch drauf kommen können!" „Eben, aber du warst ja noch nie der Hellste. Das Bier geht aufs Haus." Mit einem leisen „Danke" verließ er, ziemlich bedröppelt, die Gaststube. Warum war ihm das nicht selbst eingefallen!

9. Kapitel

Es klopfte und augenblicklich erschien Margret in der Tür. „Moin Almuth, hier dien Inkoop, Bottermelk hebbt se nich hatt", sie musste sich erst einmal hinsetzen. „Moin ok", erwiderte Almuth, „du büst jo ganz opregt." „Du glövst dat nich, ober Dirk Müller hett mit den Moord nix to doon, Harm kun em nich fastsetten." Margret musste erst mal durchatmen. „He hett een Alibi, wör mit siene Bande bi denn Elvanleger, dat is so'n Dreeppunkt för de Motoorrad Föhrers. All de Kumpels kunnen dat bestätigen." „Ach nee, dat is doch kloor", meinte Almuth, „een Kreih hackt de annere keen Aug ut." „So is dat und dorüm reg ick me auck so op, dat Harm dat glöven deit." Dor kunn he wohl nix an moken. Aver de Wohrheit kummt jümmers ant Licht!", stellte Margret klar.

10. Kapitel

Gleich am nächsten Tag machte Harm sich auf den Weg zum Samtgemeindebüro, welches sich im 5 km entfernten Nachbarort befand. Auf der Infotafel am Eingang suchte er die entsprechende Zimmernummer für das Gewerbeamt und lief den langen Gang entlang. Ah, da war es, Zimmer 153, „Gewerbe An- und Abmeldung" stand auf dem Schild an der Tür. Er klopfte und betrat den Raum. Eine ältere Frau mit Brille und Lockenkopf sah von ihrem Computer auf. „Würden sie bitte draußen warten, bis sie aufgerufen werden", sagte sie in scharfem Ton. „Ich bin dienstlich hier", entgegnete Harm entrüstet. „Bitte gehen sie noch einen Moment hinaus, ich muss diese Sache hier erst erledigen." Diesmal war der Ton der Dame freundlicher. Beim Hinausgehen zog Harm die Tür etwas lauter zu. Was war das denn jetzt?

Etwa zehn Minuten später wurde er her-
eingebeten. Harm verstand die Welt nicht
mehr, schließlich war er die Polizei, die Polizei! Fragend sah ihn der Lockenkopf an: „Was
kann ich denn für sie tun, Herr …?" „Polizeimeister Harm Peters von der Dienststelle
Bergstedt", stellte sich vor, wobei er ‚Polizeimeister' besonders betonte! „Es geht um Infor-
mationen über einen polnischen Staatsbürger,
der vor ca. 3 Jahren hier ein Gewerbe angemeldet hat. Sein Name ist Paul Kowalsky." „Was
wollen sie denn wissen?", fragte sie, die, wie
Harm jetzt an ihrem Kärtchen auf dem
Schreibtisch sah, Heike Müller hieß. „Der Be-
sagte ist verstorben, ich brauche die Heimat-
adresse in Polen, damit wir die Angehörigen
benachrichtigen können." „Da kann ich ihnen
nicht helfen, wir haben hier lediglich die An-
schrift des Gewerbebetriebes und des Inhabers
verzeichnet!" Abrupt drehte Harm sich um
und verließ, indem er heftig die Tür zuzog,
das Behördenzimmer.

„Ja, Annemarie, da warst du ja mal ganz schlau!", schimpfte er vor sich hin, während er den Ausgang suchte. Ein Pärchen, das im Wartebereich saß, sah verwundert auf.

Gerade als Harm sein Büro betrat, klingelte das Telefon. Kommissar Feldmann meldete sich: „Herr Peters, haben sie nun endlich die Angehörigen des Toten benachrichtigt? Schließlich können wir ihn hier nicht ewig aufbewahren!" „Herr Hauptkommissar", Harm druckste herum, „ich habe alles versucht, bisher leider ohne Erfolg." „Aber", Feldmann brüllte ins Telefon, „sie haben doch den Ausweis des Polen!"

„Nein, den habe ich eben nicht! Der wird wohl bei der KTU sein. Die haben die Leiche ja mitgenommen", erwiderte Harm, nun auch etwas lauter. „Dann werde ich das jetzt übernehmen, da sie ganz offensichtlich nicht der Hellste sind", sagte Feldmann und knallte den Hörer auf!

11. Kapitel

Almuth und Margret saßen bei einer Tasse Kaffee auf der Veranda, als Harm durch den Garten um die Ecke kam. „Man Harm, wat schlichst du denn hier so rüm un verjogst olle Froenslüüd!", Margret setzte ihre Kaffeetasse ab. „Das war nicht meine Absicht, ich habe an die Haustür geklopft, aber ihr ward wohl so im Gespräch vertieft, dass ihr nichts gehört habt", sagte Harm. „Denn wör dat woll nur so'n lieses anticken, wie hört nämlich noch ganz goot, wat führt di denn her?", wollte Almuth wissen. „Ja, Almuth, ich muss dich mal befragen. Als du Paul gefunden hast, ist dir da noch irgendetwas aufgefallen?" „Wat schull dat denn ween sien?", antwortete Almuth. „Du hest mie doch vertellt", mischte sich Margret ein, „dat dor een Kierl mit een Fohrrad achter dat Afsparrband stünn un neischierig tokiekt hett.

Irgendwie, hess du seggt, harrst du em amol sehn." „Jo, jo, nu fallt mi dat wedder in, de is een poormol obends, dat hebb ick vunn Kökenfenster ut sehn, no Bergstedt führt un is so een Stünd loter weer trüchkumm."

„Wie sah der Mann denn aus?" Harm hob ungläubig die Augenbrauen. „Jo, ganz normol, ober beten unpleegt, de Hoor wör'n swatt, een beten auck kruselig", Almuth hielt kurz inne, „un Arbeitstüch har he an." „Un nu fallt mi auck noch wat in, as ick wer boben op de Stroot wör, keum dor een Auto mit'n Poor binnen vorbi. De har dat Kennteken ‚WL'. Den hebb ick anholen un em seggt, dat he di Bescheed seggen schull. Ober de hett so'n Teiken mokt as wer ick nich ganz richtig in'n Kopp. Wat harr de hier överhoopt to seuken?" „Kannst du dich noch an etwas erinnern, das Kennzeichen betreffend?", fragte Harm. „Lot me mol nadinken, ick gleuv, dat wör WL-UL un de Wogen har een düstere Farv, so blau or greun, un as he wegführ hebb ick dat VW Tei-

ken seen." Aus Almuth war es nur so heraus-
gesprudelt. Sie war stolz, dass sie noch soviel
wusste.

„Das hilft mir bestimmt erstmal weiter,
danke und den Damen noch einen schönen
Nachmittag." „Oh, nu sünd wie plötzlich Do-
men", sagte Margret und beide kicherten.

Und an Harm gewandt fragte Margret
neugierig: „Hest du ne nee Spoor?" „Dazu
darf ich nichts sagen", antwortete Harm und
ging.

12. Kapitel

Zwei Tage, nachdem Hauptkommissar Feldmann die Polizeistation im Wohnort der Familie Kowalsky über den Tod von Paul benachrichtigt hatte, trafen die Eltern und die Ehefrau in der Kreisstadt ein. In der Pathologie des Krankenhauses hatte Prof. Krause den Leichnam bereits aus dem Kühlfach geholt und mit einem Laken abgedeckt, als die Hinterbliebenen den Raum betraten. Feldmann stand etwas abseits und beobachtete die Reaktion der Familie. Nachdem der Pathologe das Laken bis zur Brust heruntergeschlagen hatte, beugte sich Pauls Mutter über ihren toten Sohn, umarmte ihn, bedeckte sein Gesicht mit Küssen und schrie dabei ihren ganzen Schmerz heraus. Verzweifelt versuchte ihr Mann sie zu beruhigen. Dann trat die Ehefrau vor, schob ihre Schwiegermutter unsanft zur Seite und bedeutete den beiden, dass sie wieder gehen sollten.

Hauptkommissar Feldmann trat nun hervor: „Frau Kowalsky, ist das ihr Mann Paul?", fragte er, was sie mit einem Kopfnicken bestätigte. „Mein Beileid", sagte Feldmann, jetzt auch den Eltern zugewandt. Die Mutter, noch immer schluchzend, streckte ihm die gefalteten Hände entgegen und flehte ihn auf polnisch an, was wohl soviel heißen sollte wie: „Bitte finden sie denjenigen, der meinem Paul das angetan hat!" Er nickte mit dem Kopf, „wir werden alles uns Mögliche versuchen, Frau Kowalsky, darauf können sie sich verlassen." Warum hatte er keinen Dolmetscher hinzugezogen? Das hätte die Sache doch etwas vereinfacht. Die so unterschiedlichen Reaktionen der Eltern und der Ehefrau, die so gar keine Regung gezeigt hatte, machten ihn nachdenklich.

13. Kapitel

Nachdem Harm sich von den ‚Damen' verabschiedet hatte, setzten die beiden ihr Gespräch fort. „Wat hebbt wie denn grod noch votellt?, fragte Almuth. „Öber dat Erntefest, dat is jo nu auck all in'n poor weeken."

Margret nahm einen Schluck Kaffee. „Is denn dit Johr wedder de groode Umtöög mit de veelen scheun utstafferten Wogen?", wollte Almuth wissen. „Nee", Margret schüttelte mit dem Kopf, "is jo jümmer een umt annere Johr."

Almuth stand auf: „Ick mutt mol eben no ‚Tante Meier', denn Kaffee wegbringen." Margret nutzte die Gelegenheit und zündete sich eine Zigarette an. Sie rauchte nur ab und an mal, das musste auch niemand wissen, aber jetzt zum Kaffee: einfach herrlich!

Gerade als sie aufgeraucht, den Stummel ausgetreten und den Rauch noch schnell weg gewedelt hatte, kam Almuth zurück. „Wat fuchtelst du denn rüm?" „Och dat wöör nur en Weeps" und lenkte das Gespräch wieder auf das Erntefest: „Dat mit de scheunen Wogen hett ober auck noloten. Mit de Ernte hett das meist gor nix mer to daun, de jungen Lüüd hingt n'poor Luftballons op un dann geiht dat mit ‚Bufta, bufta' luutstark un mit jede Menge Spriet dör dat Dorp!" „Jo, jo, freuer wörn mer Wogens mit Koornohren un Blomen smückt, ober dat hett auck veel Arbeit mookt", antwortete Almuth. „Bi dat jung Volk steit dat Drinken und Danzen in'n Vördergrund, schööt se eern Spooß hebben. Wi hebbt jo freuher auck giern fiert mit ‚Swatten Koter' un ‚Samba'", Margret schwelgte in Erinnerungen.

„Jo, dat is wohr, wi harrn scheune Tieden, domols! Ober wi goot doch Sünndags Nomeddag weer op denn Festplatz?", wollte Almuth wissen, „ick kiek mi jo too giern de Landjugend in eer Dracht an, wenn se de Volksdanzen obführt." „Klor doch, un denn achteran noch toon Kaffee un Koken in't groode Telt, dor frei ick mi all op!"

14. Kapitel

Die erste Maßnahme, die Harm nach der Aussage von Almuth ergriff, war die Feststellung des Fahrzeugs mit dem Kennzeichen WL-UL… und dessen Halter. Dafür bat er die Polizei in Winsen an der Luhe um Amtshilfe. Er wurde verbunden mit Polizeiobermeister Holzner, dem er die Sachlage schilderte. „Herr Peters, was erwarten sie denn nun von uns?", fragte dieser. Er gab Harm die Telefonnummer der Zulassungsstelle in Winsen/Luhe. Harm rief an. Eine freundliche Dame meldete sich und fragte nach seinem Anliegen. „Polizeimeister Peters von der Dienststelle Bergstedt im Landkreis Stade, es geht um eine Halterabfrage!" „In welchem Zusammenhang?", fragte die jetzt nicht mehr ganz so freundlich klingende Dame. „Ihre Nummer habe ich von Polizeiobermeister Holzner. Ich ermittle in einem-

Mordfall, und das Fahrzeug wurde in der Nähe des Tatortes beobachtet. Es handelt sich um einen VW, Typ unbekannt, Farbe dunkelblau oder dunkelgrün, mit dem Kennzeichen WL-UL… .", erwiderte Harm.

„Okay, dann will ich mal sehen, was ich da für sie herausfinden kann. Wird allerdings etwas dauern. Wir sind momentan ziemlich beschäftigt. Ich melde mich!"

Noch ehe Harm sich bedanken konnte, wurde der Hörer aufgelegt. „Das kann ja wieder dauern", dachte er, doch schonn zehn Minuten später klingelte das Telefon.

Kommissar Feldmann meldete sich. „Peters, wie kommen sie mit den Ermittlungen voran?" „Äh", Harm war etwas verwirrt, er hatte gehofft, es wäre die Zulassungsstelle. Kurz erklärte er den Ermittlungsstand. „Mensch!", Feldmann brüllte ins Telefon, „nu komm'se mal zu Potte! Ich will Ergebnisse sehen! Sobald sie Neuigkeiten haben, melden sie sich umgehend, dann übernehmen wir!" Klick, damit war das Gespräch beendet. „Na klar, die Scheißarbeit mach ich, aber die von der Kripo sind dann wieder die tollen Ermittler." Denen würde er noch zeigen wo der Hammer hängt!

Erst am nächsten Morgen kam endlich die ersehnte Nachricht per E-Mail aus Winsen: „Wir konnten zwei Fahrzeuge ausfindig machen, auf die ihre Angaben zutreffen. Zum Einen haben wir einen VW Touran mit dem Kennzeichen WL-UL 543, Farbe dunkelgrau-metallic, Halter Ulrich Lohse in Buchholz, Sprehenweg 11, zum Anderen einen VW Golf, Farbe dunkelblau, mit dem Kennzeichen WL-UL 93, Halterin Ursula Lechner, wohnhaft in Winsen, Harburger Straße 59."

Super! Harm machte sich sofort auf den Weg, zunächst zum Halter des VW Touran.

15. Kapitel

Amselweg, Drosselweg, Sprehenweg, da die Nr. 11. Neben der Haustür befand sich ein Schild: ‚Ulrich Lohse Geldverleiher'. „Aha", dachte Harm, „das ist ja interessant" und drückte auf den Klingelknopf. Von innen war ein ‚Ding dong' zu vernehmen, dann öffnete sich die Tür. Eine aufgetakelte, stark geschminkte, nicht mehr ganz frische Blondine erschien. Fragend sah sie ihn an. „Polizeimeister Harm Peters von der Dienststelle Bergstedt", stellte er sich vor. „Ich würde gerne mal mit dem Herrn Ulrich Lohse sprechen." „Worum geht es denn?", wollte die Dame wissen. In dem Moment tauchte ein Mann hinter ihr auf, der sich als Ulrich Lohse vorstellte und Harm einigermaßen konsterniert ansah. „Was führt sie denn hierher?", fragte er. „Bei Ermittlungen in einem Mordfall haben Zeugen ausgesagt, dass am Tage des

Geschehens ihr Auto in der Nähe des Tatortes gesehen wurde." Harm nahm das einfach mal so an, obwohl ja gar nicht sicher war, dass es sich dabei um dieses Fahrzeug handelte. „Wo und wann soll das denn gewesen sein, bitte?" Die Arme vor der Brust verschränkt, schaute der Mann ihn herausfordernd an.

„Vor acht Tagen in der Umgebung von Bergstedt, Landkreis Stade, sie erinnern sich vielleicht an eine ältere Dame, die sie um Hilfe gebeten hat, aber von ihnen und ihrer Begleiterin nicht ernstgenommen wurde", entgegnete Harm. „Wir konnten die Alte ja nicht verstehen", mischte sich die Blondine ein. Damit war klar, er war auf der richtigen Spur. Er rieb sich die Hände und bat die beiden, ihn ins Haus zu begleiten, um weitere Dinge abzuklären.

Die drei setzten sich in ein nobel eingerichtetes Wohnzimmer und die Dame bot ihm einen Kaffee an, den er jedoch ablehnte. „Herr

Lohse", begann Harm, „was wollten sie denn an diesem Tag auf einem Wirtschaftsweg in Bergstedt?" „Wir waren dort, weil ich mir den Brandschaden des Betriebes von Herrn Kowalsky ansehen wollte. Er hat sich eine nicht unerhebliche Summe von mir geliehen. Die Rückzahlungen sind zwar bis jetzt immer rechtzeitig eingegangen, doch ich habe die Befürchtung, dass er bald nicht mehr zahlen kann." „Wie viel ist Herr Kowalsky ihnen denn noch schuldig?", wollte Harm wissen. „Die Restschuld beläuft sich auf ca. 18.000 Euro."

„Tja, Herr Lohse, die können sie wohl in den Schornstein schreiben. Der Herr Kowalsky wurde an eben jenem Tag, als sie vor Ort waren, tot aufgefunden. Wir gehen von einem Mord aus." „Moment, Moment! Sie wollen mir doch wohl nicht unterstellen, dass ich etwas damit zu tun habe? Da wäre ich ja ziemlich blöd, wenn ich einen Kunden beseitige, der bei mir noch so hoch in der Kreide steht!" „Ulrich, bitte beruhige dich!", sagte die Blondine.

„Irgendwie hat er ja Recht", dachte Harm, „ich nehme jetzt ihre Personalien auf und muss sie bitten, sich zur Verfügung zu halten, die Kripo in Stade wird noch auf sie zukommen, um ihre Aussage zu protokollieren." Damit verabschiedete er sich von den beiden, die wie angewurzelt dasaßen.

16. Kapitel

In der Woche nach dem Leichenfund herrschte in dem kleinen EDEKA-Laden besonders in den Morgenstunden immer großer Kundenandrang. Der Einkauf, vielleicht gar nicht vonnöten, war dabei zweitrangig. Jeder wollte seine Meinung kundtun oder Neuigkeiten hören. Es wurde getratscht, was das Zeug hielt. Thea Meerkens mit ihrem lauten Organ redete auf eine ältere Frau in Kittelschürze ein: „Glaub mir, unser Dorfpolizist wird diesen Fall nicht lösen, da muss das LKA ran!" „Also, ich finde ihn ganz nett", erwiderte die Kittelschürze. „Nett? Ein Polizist muss nicht ‚nett' sein. Der braucht einen hellen Kopf. Und bei Harm ist nur Stroh drin. Der ist nicht in der Lage, sich mit der polnischen Mafia anzulegen." „Ach, du immer mit deiner polnischen Mafia", die ältere Frau winkte ab und ging.

An der Kasse stand Bauer Müller in seinen schietigen Gummistiefeln. „Du Helga", sagte er zur Kassiererin, „ick gleuv jo, de Kierl wöör so besopen un denn mütt he mol pissen, hätt dorbi dat Gliekgewicht verloren un is koppöber in't Woter fullen. Mien Jung, de Dirk, hätt dormit nix to doon." Helga schüttelte mit dem Kopf und wandte sich dem nächsten Kunden zu.

Margret kam durch den hinteren Eingang in die Getränkeabteilung, um ihre Pfandflaschen abzustellen. An der Wurst- und Käsetheke unterhielten sich zwei Frauen. Margret kannte die beiden nicht, wahrscheinlich Zugezogene, wurde aber hellhörig, als sie über den Mord sprachen. Die eine von ihnen, etwas mollig mit dunkelbraunen Haaren, sagte: „Ich habe gehört, es gibt einen Verdächtigen." „Woher weißt du das?", fragte ihr Gegenüber. „Ich war vorgestern beim Skatabend in Horst's Kneipe und da habe ich mitbekommen, wie Annemarie den Polizisten zur Seite nahm und ihn fragte, ob es neue Erkenntnisse gäbe. Ganz genau konnte ich es nicht verstehen, war halt ziemlich laut dort, aber da war die Rede von einem Verdächtigen, der nicht aus dem Dorf kommt." „Also so ganz genau weißt du es dann ja doch nicht", merkte ihre Gesprächspartnerin an. „Ich bin mir ziemlich sicher", entgegnete die Dunkelhaarige. „Dat is jo interessant", dachte Margret, „denn will ick dat glieks mol Almuth vertellen."

17. Kapitel

Margret hatte ordentlich in die Pedale getreten und war vollkommen außer Atem: „Moin, Almuth!" „Hier bünn ick", hörte sie Almuth aus der Stube rufen, die sogleich in der Küche erschien. „Sett di mol dool, et gifft ganz wat Neeis över denn Doot von Paul." „Du büst jo ganz ut de Puust! Eerst mol mook ick uns een Tass Kaff, wat is denn los?" , fragte Almuth während sie den Kessel aufsetzte.

„Kumm grood von EDEKA, dor wöörn twee junge Fraunslüüd, de hebb ick nich kennt, ober dat is jo auck egol. Jedenfalls kunn ick hüürn, dat de een seggt hätt, Harm har een Spur verfolgt un een Verdächtigen fastnommen." Margret war noch immer aufgeregt. „Un woher wull se dat weeten?", fragte Almth. „Se hett wohl bi den Skotobend in de

Kneipe hüürt, wie Harm dat Annemarie vertellt hett un dat de nich ut'n Dörp is."

„Dat kunn ick mi auck nich denken",
meinte Almuth, „denn kunn ick em wohl helpen mit mien Beobachtungen von denn Wogen un denn Fohrradfohrer." „Dat is wohl so
ween, ober nu loot uns mol denn Kaffee drinken", meinte Margret, „hess auck noch een
lütten ‚Flederbeerlikör'?"

18. Kapitel

Gleich nach seiner Rückkehr aus Buchholz rief Harm bei Hauptkommissar Feldmann von der Kripo in Stade an. Der meldete sich in seinem fordernden Ton: „Nun Peters, wie laufen die Ermittlungen?" „Ja, es gibt tatsächlich gute Nachrichten." Harm genoss diesen Moment.

„Jetzt mal Butter bei die Fische, was haben sie heraus gefunden?" „Die alte Dame, die den Toten gefunden hat, sie erinnern sich, erzählte mir von einem Fahrzeug, welches in unmittelbarer Nähe des Tatortes an ihr vorbeifuhr." „Nun kommen sie mal zu Potte!", brüllte Feldmann ins Telefon, „muss ich ihnen denn alles aus der Nase ziehen, Peters?" „Also verfolgte ich diese Spur, die mich nach Buchholz führte. Der Verdächtige, ein Geldverleiher, gab zwar zu, dort entlang gefahren zu sein, aber von einem Mord wisse er nichts. Er gab an, dass er sich den Schaden bei Paul Kowalsky ansehen wollte, weil er ihm Geld geliehen hatte und sich Sorgen um die Rückzahlungen des Kredits machte." Harm ließ sich Zeit mit seinem Bericht, um den Kommissar noch ein wenig zu ärgern. „Gut, dann übernehmen jetzt wir von der Kripo. Schicken sie mir bitte die Daten dieses Herrn, damit wir ihn zur Vernehmung einbestellen können", bat Feldmann.

„Übrigens hatte mir Almuth, ich meine Frau Ehlers, auch noch von einem Fahrradfahrer berichtet, der wohl ein paarmal an ihrem Haus vorbei gefahren ist und ihr irgendwie verdächtig vorkam. Ich glaube aber nicht, dass das relevant ist." „Das seh ich genauso", meinte Feldmann, „alte Frauen, die den ganzen Tag aus dem Fenster gucken, bilden sich schnell mal was ein!"

19. Kapitel

Vernehmung des Herrn Lohse und seiner Partnerin: „Guten Tag, Herr Lohse, Frau Lohse, mein Name ist Kriminalhauptkommissar Feldmann und das ist meine Kollegin Kommissarin Schneider. Herr Lohse, sie wurden vor 12 Tagen in Bergstedt mit ihrem Auto auf einem Wirtschaftsweg gesehen. In unmittelbarer Nähe ist die Leiche von Paul Kowalsky aufgefunden worden. Möchten sie sich dazu äußern?" „Das habe ich doch schon alles gesagt!", entgegnete Lohse. „Sie haben nachvollziehbare Gründe für ihre Anwesenheit genannt, nämlich, dass sie die weitere Zahlungsfähigkeit von Paul Kowalsky prüfen wollten." „Ja, genau so war es." „Hier geht es aber um die Nacht zuvor. Herr Lohse, wo waren sie in dieser Nacht zwischen 23 Uhr und 2 Uhr Morgens?"

„Wir waren auf unserem Kegelabend im Lokal ‚Beim Grünen Jäger'. Bis um 11 Uhr wurde wie immer gekegelt, anschließend haben wir mit unserem Kegelbruder Günther Bremer in seinen Geburtstag reingefeiert. Es war ein feuchtfröhlicher Abend. Also bestellten wir ein Taxi und kamen dann etwa um Viertel vor Zwei zuhause an." „Das werden wir überprüfen", sagte Kommissarin Schneider. „Ich bitte darum", Lohse war etwas genervt. „Hätten sie mal einen Zettel für mich, dann schreibe ich ihnen die Telefonnummern von Herrn Bremer und dem Taxiunternehmen auf. Können wir jetzt wohl gehen?" „Ja", Feldmann schaute auf das Stück Papier. „Wenn wir noch Fragen haben, wissen wir, wo wir sie erreichen können."

Das Alibi wurde in allen Punkten bestätigt.

Diese Spur führte also nicht zum Erfolg. So stand man wieder am Anfang der Ermittlungen.

20. Kapitel

Immer am vorletzten Wochenende im September feierten die Bergstedter ihr Erntefest. Auch wenn es in diesem Jahr keinen Umzug mit geschmückten Erntewagen gab, war doch das ganze Dorf auf den Beinen, um sich im Festzelt bei Kaffee und Kuchen die Volkstänze der Landjugend anzusehen, die auch stets das Fest ausrichtete.

Margret holte Almuth mit dem Auto ab. „Dor bünn ick, hest di jo richtig fein mookt", meinte Margret. „Dat Kleed treck ick kuum nach an, ober hüüt hebb ick dat mol weer uten Schapp holt." Almuth strich mit ihren Händen am Kleid entlang. „Denn loot uns mol los, dat Auto stell ick an'n Karkhoff ab, denn mööt wi nich so wiet lopen."

Auf dem Festplatz tummelten sich bereits

viele Leute. Am Bierstand und an der Brat-
wurstbude herrschte großer Andrang.

Almuth und Margret fanden einen Platz
nahe am großen Tortenbuffet. „Bliev sitten, ick
hol uns Kaffee un Koken, wat müchst du denn
geern hebben?", fragte Margret. „Och, dat is
mi egol", antwortete Almuth.

Nach einer ganzen Weile kam sie mit einem Tablett zurück. „Hett een beeten duurt,
ober ick segg di, de harrn wohl an de foftig
Torten. De Fraunslüüd uten Dörpen hebbt sick
weer so veel Meuh mookt."

Während die beiden genüsslich ihre Torte
verzehrten, hielt Almuth plötzlich inne und
ein Tortenstück fiel von der Gabel direkt in
ihren Schoß. Sie angelte nach ihrem Krückstock, wies damit in Richtung Tresen und rief:
„Dor, dat is de Kierl!" Margret schaute vom
Kuchenteller auf. „Wat meenst du?" „De Kierl

de jümmers bi mi vörbiführt is!", Almuth wurde lauter.

Harm, der mit einigen Männern bei einem Glas Bier am Tresen stand, wurde aufmerksam und registrierte, wohin Almuth mit dem Stock zeigte. In dem Moment hatte auch der Fahrradfahrer begriffen, dass er gemeint war und nahm Reißaus.

„Polizei! Bleiben sie stehen, bleiben sie stehen!" Zwei junge Burschen versperrten dem Ausreißer den Weg und nahmen ihn in den Schwitzkasten, da er sich heftig wehrte. „Danke, Jungs, das habt ihr gut gemacht! Nun lasst ihn mal los. Und an den Mann gewandt: „Warum laufen sie davon? Ich habe sie laut und deutlich aufgefordert, stehen zu bleiben." Der Mann schwieg, stieß die beiden Burschen zur Seite und wollte erneut fliehen. Harm reagierte sofort und legte ihm Handschellen an.

„Können sie sich ausweisen?", fragte er. Wieder keine Reaktion. Bei einer Leibesvisitation fand Harm ein Portemonnaie mit einem Personalausweis. „Aha, polnischer Staatsangehöriger, können sie mich überhaupt verstehen?"

Almuth hielt es nicht mehr auf ihrem Stuhl und ging, mit Margret im Schlepptau, auf die kleine Gruppe zu. „Harm, dat is he, de Kierl, de after dat Afsparrband stoon hett, hebb ick di doch votellt", dabei stupste sie mit ihrem Handstock auf die Brust des Mannes.

„Nun beruhige dich mal, ich habe hier alles im Griff. Ich telefoniere gleich mit der Kripo in Stade, die ihn dann zum Verhör mitnimmt." Bei dem Telefonat mit Hauptkommissar Feldmann berichtete Harm, dass es ihm merkwürdig vorkam, dass der Festgesetzte aus dem gleichen Wohnort wie Paul kam.

21. Kapitel

Während des Geschehens war es im Festzelt sehr ruhig geworden. Die Leute steckten ihre Köpfe zusammen, tuschelten und reckten ihre Hälse. Almuth und Margret gingen zurück an ihren Tisch. „Du Margret, loot uns mol glicks no Hus führn, ick bin so opregt und de Koken smeckt mi nu auck nich mehr", bat Almuth. „Jo, dat mokt wi, ober lot mi ierst noch denn Kaffee utdrinken!"

Inzwischen hatte Harm den Krawallheini abgeführt und ins Polizeiauto gesetzt. Mehrere Neugierige hatten sich bereits versammelt. Allen voran Thea Meerkens, die jetzt wissen wollte: „Harm, ist das einer von der polnischen Mafia, der Paul ermordet hat?"

„Zu laufenden Ermittlungen darf ich keine Auskunft geben. Alles weitere liegt jetzt bei der Kripo", antwortete er. „Na gut, dann frag ich eben Almuth" und machte sich auf die Suche. Enttäuscht musste sie feststellen, dass diese schon gegangen war.

Zuhause angekommen, sank Almuth auf die Chaiselongue und bat Margret, ihnen ein Gläschen Fliederbeerlikör einzuschenken. Zur Beruhigung tranken sie dann noch ein weiteres Glas.

22. Kapitel

Im Verhörraum der Kripo saßen Feldmann und die Kollegin Schneider dem Verdächtigen gegenüber. Dieses Mal war ein Dolmetscher anwesend. „Sie sind Igor Kraska?", der daraufhin mit dem Kopf nickte. „Bitte mit Worten, das Gespräch wird aufgezeichnet", bat Schneider. „Ja."

„Herr Kraska, ich muss sie jetzt belehren: Sie haben das Recht zu schweigen. Alles, was sie sagen, kann und wird vor Gericht gegen sie verwendet werden. Sie haben das Recht, zu jeder Vernehmung einen Verteidiger hinzuzuziehen. Haben sie das verstanden?", fragte Feldmann. „Ja."

„Wo wohnen sie zur Zeit?" „In Container bei Spargelbauer in andere Dorf", kam die Antwort. „Eine Frage, kennen sie einen Paul

Kowalsky?" Die Antwort kam prompt: „Nein, ich kenne nicht." „Der Ort, aus dem sie kommen, hat nur etwa siebenhundert Einwohner und besagter Paul Kowalsky kommt von dort." Feldmann erhob seine Stimme, wobei er den Zeigefinger auf Igor richtete: „Und sie wollen ihn nicht kennen?" „Vielleicht ich kenne", murmelte Kraska. „Gut, dann wissen wir das jetzt!"

„Eine Zeugin hat beobachtet, dass sie des Öfteren mit dem Fahrrad nach Bergstedt hinein und gut eine Stunde später wieder zurück fuhren. Zu welchem Zweck?" „Ich verstehe nicht." Feldmann wies den Dolmetscher an zu übersetzen. Der Verdächtige nickte und sagte: „Einkaufen." „Mensch Kraska, das glauben sie ja selber nicht. Im Nachbarort gibt es auch einen kleinen Laden, da werden sie nicht extra nach Bergstedt radeln, oder? Außerdem waren sie in unmittelbarer Nähe, als wir den Leichnam geborgen haben."

Igor Kraska senkte den Blick zu Boden und stammelte: „Frau von Paul wissen wollte, warum kein Besuch und kein Geld von Paul."
„Und sie sollten herausfinden, warum das so war?", fragte Schneider. „Und was haben sie herausgefunden?"

„Paul in Kneipe gesehen, immer da Bier trinken und mit Frau Annemarie", er wandte sich in polnischer Sprache an den Dolmetscher, der daraufhin antwortete, „ein Verhältnis hat."

„Ewa, Frau von Paul, sehr böse. Soll ihm sagen, dass sie will Scheidung. Nächste Tag ich warten, wenn er kommt aus Kneipe auf Weg nach Hause." „Wie ging es dann weiter?", wollte Feldmann wissen.

„Paul sehr betrunken, rief: Was willst du, verpiss dich! Habe gesagt, dass Ewa will Scheidung. Paul gelacht und laut geschriehen:

Niemals, niemals, keine Scheidung, kein Geld!
Sag ihr das"

„War sehr böse, Scheidung wichtig! Ewa
und ich schon lange ein Paar, wollen heiraten.
Mit Faust geschlagen, da", er zeigte auf seine
Brust. „Wie oft haben sie zugeschlagen?", fragte Kommissarin Schneider. „Ich nicht mehr
wissen", Kraska hob die Schultern. „Nun,
nach den Hämatomen am Körper von Herrn
Kowalsky zu schließen, haben sie ihn regel-
recht verprügelt." Feldmann sah den Verdächtigen fragend an. Der aber schwieg.

„Dann frage ich sie jetzt, warum waren sie
am Tage des Leichenfundes anwesend und
zeigten große Neugier am Geschehen?" „Ich
nichts mehr sagen. Will jetzt nach Hause!"

„Herr Kraska, da sie auf die letzten Fragen
nicht antworten wollten, bleiben sie zunächst
hier und wir setzen Morgen das Verhör fort!"

Die beiden Kommissare verließen den Raum. Igor Kraska wurde von einem Beamten in die Arrestzelle geführt.

Kapitel 23

Verhör am nächsten Morgen: „Herr Kraska, sie hatten jetzt noch einmal Zeit, um über ihre Aussage von gestern nachzudenken, die für uns nicht glaubhaft war. Wollen sie uns nicht endlich die Wahrheit sagen und gestehen, dass sie Paul Kowalsky getötet haben? Das würde sich auch positiv auf das Strafmaß auswirken."

„Ich nicht wollte, aber Kowalsky mich zu Boden geschlagen. Hat gerufen: „Du Schwein, hau ab, sonst ich mach dich platt!" „Was passierte dann?", fragte Kommissarin Schneider, „haben sie nochmal zugeschlagen, vielleicht mit einem Ast?" Kraska senkte den Kopf. „Ich denken an Ewa, nehme Stock aus Gebüsch und schlage auf Kopf von Paul zwei-, dreimal. „Hat der Herr Kowalsky zu diesem Zeitpunkt noch gelebt?", wollte Feldmann wissen. „Ich nicht weiß, er gefallen runter zu Bach."

„Und sie haben sich einfach aus dem Staub gemacht, ohne noch einmal nach ihm zu schauen?" Feldmann konnte es nicht fassen! Kraska nickte.

„Herr Kraska, sie sind hiermit vorläufig festgenommen. Die Ermittlungen werden der Staatsanwaltschaft übergeben. Diese wird Anklage gegen sie erheben und sie dem Haftrichter vorführen. Der entscheidet dann über das weitere Vorgehen.

Igor Kraska fiel in sich zusammen und stammelte: „Ich nicht wollte!"

Feldmann und Schneider waren sich im Klaren, dass Paul Kowalsky letztlich ertrunken war und nach dem Sturz noch nicht tot gewesen sein konnte.

„Für uns ist der Fall hier beendet. Alles Andere werden die Richter entscheiden." Feldmann lehnte sich zufrieden zurück. „Das haben wir doch mal wieder gut hingekriegt."

Nachwort

Am nächsten Tag erschien folgender Artikel im Tageblatt:

Stade. Der Tod des Polen Paul Kowalsky in Bergstedt (das Tageblatt berichtete) konnte aufgeklärt werden. Ein Landsmann des Getöteten konnte beim dortigen Erntefest vom örtlichen Polizisten festgenommen werden. Bei der Kriminalpolizei in Stade legte der Täter ein volles Geständnis ab. Ihn erwartet nun eine mehrjährige Haftstrafe.

Almuth wurde mit keinem Wort erwähnt.

Zeitfracht Medien GmbH
Ferdinand-Jühlke-Straße 7
99095 Erfurt, Deutschland
produktsicherheit@kolibri360.de